Mi amiga Berta

Berta celebra su cumple

Una historia de **Liane Schneider**
con ilustraciones de **Eva Wenzel-Bürger**

Traducción y adaptación
de Teresa Clavel y
Ediciones Salamandra

salamandra

Berta va a cumplir cinco años. Para celebrarlo, quiere organizar una gran fiesta e invitar a todos los niños de su clase. Pero su mamá le dice:
—A todos no puede ser, Berta. Cuando uno tiene cinco años, invita a cinco niños.
—Julia, Laura y Elsa hacen tres —dice, contando con los dedos—. ¡Miguel y Samir también, claro! Ah, y se me olvidaban los gemelos, Katia y Guillermo. Eso hace cinco, ¿verdad, mamá?
—No, eso hace siete —responde su mamá—. Pero bueno, de acuerdo, que sean siete.

Al día siguiente, Berta anuncia la fecha de la fiesta a toda la clase. Mamá ha dicho siete, pero a Berta le hace tanta ilusión que los invita a todos... Les pregunta qué les gustaría merendar y a qué les gustaría jugar.

—¡Podríamos jugar al circo! —propone Lucas.

—¡Sí! —exclama Berta—. ¡Mi gato *Miau* hará de tigre!

—¿Y podremos jugar en el jardín? —pregunta Samir.

—¡Pues claro!

—¡Qué bien! ¡Será muy divertido!

Respecto a la merienda, todo el mundo está de acuerdo: ¡pasteles, helado de chocolate y... caramelos, por supuesto!

Berta y su mamá preparan juntas las invitaciones.
—Berta —dice mamá—, has hecho demasiadas tarjetas. Hay más de siete.
—¿Ah, sí? —contesta Berta—. ¿Estás segura?
Mamá se echa a reír.
—De acuerdo, tú ganas. Puedes invitarlos a todos.

¡Rápido! Ahora hay que preparar madalenas para llevarlas al colegio, porque Berta también lo celebrará allí, como hacen algunos niños de la clase cuando es su cumpleaños. Berta se encarga de la masa y mamá llena los moldes y se ocupa del horno.

¡Es el gran día! Papá y mamá entran en su habitación cargados de regalos: un puzzle, libros y..., ¡yupi!, ¡un reproductor de CD!

¡Comer una tarta de cumpleaños antes de ir al colegio no es algo que se haga todos los días! Berta apaga las cinco velas de un soplo. Ahora, ¡en marcha hacia el colegio! Hoy, como Berta va cargada con las madalenas para la celebración en clase, papá la llevará en coche. ¡Qué bien!

La maestra hace sentar a los niños alrededor de una mesa para tomar las madalenas y el zumo de fruta. También le pone una corona a Berta y todos le cantan «Cumpleaños feliz».

Esa tarde, Berta ayuda a su mamá a decorar la casa con globos. ¿Cuándo llegarán los invitados?

¡Ya están aquí! Miguel ha llegado el primero, luego los gemelos y todos los demás..., menos dos niños que no han podido ir porque están enfermos. Todos se sientan a la mesa para tomar la merienda especial que la mamá de Berta ha preparado. Pero los niños no pueden estar quietos. ¡Qué animación! Berta da volteretas sobre la alfombra. Lucas da patadas a un globo, como si fuera una pelota. ¡Cuidado, va a explotar! Y *Miau* juega con las serpentinas que hay en el suelo.

¡Ya es hora de salir a estirar las piernas! Papá ha preparado una sorpresa: ha escondido un tesoro y los niños tienen que encontrarlo. Para ayudarlos, papá ha dibujado flechas. La primera flecha está en el jardín; la segunda, en la acera, cerca de la puerta. ¡Adelante!

—Hay que ir por ahí —dice Julia.

Pero no encuentran dibujada ninguna flecha más.

—No —dice Berta—, volvamos atrás. Seguramente nos hemos saltado una flecha.

Todos dan media vuelta y caminan en la dirección contraria.

—¡Otra flecha! —exclama Berta—. ¡Hacia allí!

—Voy a daros una pista —dice su papá—. El tesoro está escondido al pie de un árbol.

¡Ahí, está! ¡Qué fácil!
—¡Rápido, rápido, abramos
el cofre! —dicen todos.
¿Qué habrá dentro? Monedas de
chocolate y una bolsita
de canicas para cada uno.
¡Un tesoro fantástico!

Después, vuelven a entrar y juegan a «comer sin manos».
Es muy divertido; acaban con toda la cara llena de chocolate.
¡Elsa se ha manchado hasta el pelo! *Miau* los mira muy quieto.

Katia es la ganadora. ¡Viva la reina del chocolate!
Papá le hace una foto con Elsa y Berta.

Luego, los niños suben al desván. Allí hay un baúl lleno de ropa vieja, collares y telas de muchos colores.

—Vamos a disfrazarnos —dice Berta—. Yo seré una princesa.

—Yo soy un pirata muy malo —dice Guillermo—. Mirad, rapto a la princesa y la llevo a mi isla.
—¡Socorro, venid a salvarme! —grita Berta.

Mamá ha puesto un gran mantel de papel blanco
sobre la mesa, y los niños pueden dibujar en él.
Berta dibuja a *Miau*; Elsa, un precioso sol;
y los otros niños, piratas, barcos y palmeras.
Papá y mamá sacan aún más comida.
Finalmente, a las siete, todos los
invitados se marchan a casa.
¡Seguramente esa noche
ya no cenarán!

Berta no tiene ni pizca de sueño: ya está pensando en el próximo cumpleaños.
—¡Tienes tiempo para pensarlo! —dice papá cuando va a arroparla en la cama—. Un año es muy largo, ¿sabes?
—¡No, no! —contesta Berta—. ¡El próximo cumpleaños es el de Julia, el domingo que viene!

Título original: *Conni hat Geburtstag!*

Derechos de traducción negociados a través de
Ute Körner Literary Agent, S.L. Barcelona - www.uklitag.com

Publicaciones y Ediciones Salamandra, S.A.
Almogàvers, 56, 7º 2ª - 08018 Barcelona - Tel. 93 215 11 99
www.salamandra.info

ISBN: 978-84-9838-642-4
Depósito legal: B-21.202-2014

1ª edición, noviembre de 2014 • *Printed in Spain*

Impresión: EGEDSA
Roís de Corella 12-14, Nave I. Sabadell